パイプの中の

かえる

小山田浩子

Hiroko Oyamada

twililight

パイプの中のかえる　目次

まえがき

実家の庭に池があった。池は祖父が細いパイプで作った柵で囲まれていた。縦になったパイプの何本かに水が溜まっていた。のぞくと、日光が差して丸く光る水面が私の顔の陰で月が満ち欠けするように動いて暗く揺れる。どういう仕組みか、日々刻々と水位も変化しているらしく水面が見えるとき見えないときがあり、パイプの中から冷たい空気がこちらに吹きつけてくることもある。

ある年パイプにかえるが棲みついた。パイプから尖った口先がはみ出ていることもあればパイプの上で鳴いていることもあり、のぞいた奥に金色に黒い横長模様の目が見えることもあった。水があって直射日光や外敵も避けられ池のそばで羽虫などにも事欠かない、いい住処ではないか。そっとしておけばいいのに子供だった私は四六時中そのパイプをのぞき、指やミミズや脚をむしったバッタを突っこんだり水を注いだりしてかえるの平安を脅かした。かえるは姿を消した。かえるに気の毒したと子供の私が思ったかどうか、その後、いないとわかっていても前を通るたびパイプをのぞいた。あるとき、パイプをのぞくと中によつ目のかえるがいた。目が４つ、呪い、祟り、個体の異常、ぎょっとしたがよくよく見ればそれは２匹のかえるで、狭い丸い中にぴったり重なり合っていたのだ。嬉しかったが多少成長していたので毎日のぞくのは控えた。その後、池は埋められパイプの柵もなくなり私は大人になり家を出た。

広島の田舎で生まれ育ちいまも似たような地域に住んでいる私は、井の中の蛙《かわず》というかパイプの中のかえるというか、狭い範囲で暮らしそれなりに充足していて、でもそこから顔を出し世界を見回すこともある。この、パイプのかえるのことは前に「広い庭」という短篇に書いた。結局本当にあったことばかり小説に書いている。そういう意味では日経新聞夕刊に２０２０年７月から12月の半年間毎週連載したコラムをまとめた本書もまた小説と呼べるかも知れず、いずれにしてもお楽しみいただけると幸いです。

小山田浩子

パイプの中のかえる

メボ

少し昔、勤めていたころ、職場でお昼を食べていると同年代の女性に「ねぇモノモライできてない？」と言われた。モノモライ？「目が腫れてるよ」ああ、これ、今朝、メボできちゃって。メボ、目が赤く丸く小さく腫れて痛がゆい。子供のころからときどきなる。ひどい痛みでも腫れでもないのだが気になって落ち着かず人相も変わる。

今度は彼女の方が首を傾《かし》げ「メボ？」これのこと、メボって。「それって方言？」いや、標準語だといままで思ってたんだけど……。でも私は生まれてからずっと広島に住んでいて彼女は関東出身、より標準語を話すのは彼女の方だ。なんでモノモライ？　メボは、多分、目イボがなまってるんだけど。「うつるから、それで人からもらうものっていうのが語源だって聞いたけどな、違うかな」あー、なるほど、でもそれだとむしろモライモノでは？「んー、ああ、そういえば関西の親戚はなんか違う言い方してたかも。メボは初耳だけど。いい目薬あるよ、あげる」彼女はポーチから小さい少し厚みのある長方形のプラスチック片を取り出した。その厚みの部分が空洞になっていて透明な液体が入っている。長方形の片方の短辺少し下がくびれて、ねじ切れるようになっている。1回使い切りの目薬なのだという。「薬局に普通に売ってるよ。私、よくモノモライできるから持ち歩いてるの」そんなのあるんだ、知らなかった。ポーチに生理用品や鎮痛剤などを入れて持ち歩いている女性は多い。ときどきそれを困っている誰かに分ける。私はお礼を言いすぐ目にさし、しみたりしないんだね。「そうそう。予備もひとつあげるよ」ありがとう。

帰りにドラッグストアに寄ってその目薬を買った。箱に大きく『ものもらい・結膜炎』とありどこにもメボという文字はなかった。言われてみればいままでなにかでモノモライって読んだことがあったかも、でもそれがメボのことだと思っていなかったのかも、箱には『抗菌』ともあった。メボは菌のせいなのか。子供のころからメボができたと言えば疲れてるんじゃないかと親に言われたが、疲れると抵抗力が落ちて菌にやられやすいということかもしれない。

メボには母乳が効くとかつて祖母から聞いた。目薬のように目に落とすのだという。周囲に母乳が出る人がいる状態でメボができたことがないので真偽はわからないが、母乳に殺菌作用的なものがあってそれが効果的ということならば全くありえなくもないのかもしれない。

祖母曰《いわ》く、母乳をなにかの容器に溜《た》めてから目に入れたのではだめで、胸から直に落とさないと効果がないらしい、そんなこと可能か、無理じゃないかと思うが例えば私の祖母が子供だったころは何人も子供がいる家庭が普通だったりして、とすれば、親戚や近所を探せば授乳期間中で気のおけない女性の1人や2人いたとしてもまあおかしくはないのかもしれない、いやでもちょっとやっぱり……それが忘れがたかったので「彼岸花」という小説を書いた。母乳とメボと抗菌目薬がでてくる。

いまも右目にメボができている。つい先々週は左目にできた。こんなに再々できるのは珍しい。ただ、不思議なのは、毎回、痛むのは下まぶたなのに腫れているのは上まぶたで、痛覚がねじれているというか自分の感覚に騙《だま》されているというか、変な気がする。私だけだろうか。

被災の国

7月7日の地元紙に大きく「豪雨」とあったので九州のと思ったら西日本豪雨から2年という話題だった。もちろんその隣には今年の九州の豪雨も大きく載っている。2年前と同じ日付で今度は九州、一昨年はここ、去年はそこ、今年は、来年は、豪雨台風地震猛暑……広島でも6日はひどく降った。警報、昼過ぎから夜にかけ緊急避難速報も何度か鳴った。早めに帰宅した夫はマンホールから水が噴き出しているのを見たと言った。

昨年7月、西日本豪雨災害から1年という内容の番組を観《み》た。作成は広島のローカル局で、被災した人への取材や慰霊式典、声をかけあい早期避難する地域の取り組みや新たに作られたコミュニティ、仮設住宅の様子などが紹介された。全壊した家の撤去が済んでいないケースの多さにも言及があった。

広島では、1999年にも多くの死者が出る豪雨災害があった。そのとき被災し大怪我《けが》をした人が番組で取り上げられていた。その人は、いままで災害の恐ろしさや早期避難の重要性をあちこちで話してきたがみな他人事で、実際に災害に見舞われないと自分のこととして考えてもらえず悔しいと語っておられた。それから番組は西日本豪雨の際にも早期避難する人が少なかったことを強調した。

私はどうも腑《ふ》に落ちないというかなんというか、被災した方の意見はもちろんとても真摯で重たい。早期避難、災害を自分ごととして考える、コミュニティで声をかけあう、どれも正しい、が、テレビ番組で強調されるのを観ると、災害への対応をあまりに個人に還元しすぎじゃないのか、災害って、もっと政治に関わることなんじゃないのかと思ってしまう。地域のつながり重要、1人1人の防災意識も超重要、でも、日中家にいない単身者や外国ルーツ等で日本語や日本文化を前提にしたコミュニケーションが容易でない人、労働育児介護などでそれどころじゃない人などはそのコミュニティに入れるか？　早めの避難と備えに割くリソースがある人ばかりだろうか？　それができねば自己責任なのか？

なぜ早めに避難しないのか、普段から防災意識を高めておかないのか？　というのは、なぜ選挙へ行かないのか？　と似た問いだと感じる。それが自分の命を守る、権利を守ることだと知ってはいても腑には落ちていない、被災しましたが適切に避難し行政に助けられ生活を立て直せましたという自分を想像できない、大切な人を失うことだって考えたくない、前の災害、前の前の、前の前の前の災害で被災した人がいまだ仮設住宅で暮らしているような例や倒産や失職の可能性、それに、別に被災してなくたって、いまの生活は過酷で先が見えなくていっぱいいっぱいで、だったら、避難について考えるより被災しませんようにと天に祈ってしまう、自分は大丈夫と信じたくなってしまう、その気持ちは痛いほどわかる。希望がなければ未来へ備える選択なんてできるわけがない。

これだけ災害が多い国で、誰がいつどんな風に被災するかわからない国で、被災した人やこれから被災するかもしれない人が希望を持てないのは政治のせいだしマスコミのせいでもある。それなのに防災や復興を個人や地域の頑張りの問題にしていていいのか、頑張れない人だって救われないとおかしいんじゃないのかと強く思っている。

衣替え

衣替えが嫌いだ。衣替えをしなきゃと思うだけで泣きたくなるくらい嫌いだ。でももう暑い。着る服がない。着る服がないのでクロゼットの奥から1枚2枚強引に引っ張り出したせいで収納場所が余計に乱雑な感じになっていて正視したくない。でも子供も困っている。半袖着たいよね、このズボン暑いよね、夏の服、子供の成長は早い。衣替えのたび着られなくなった服を外す必要がある。心置きなく収納できるのは現役で着ておりひどい汚れや破れがなくサイズにまだ余裕があるものだけだ。そのほか好みの変化、趣味が少し違うが質はいいお下がり服もあり、着ているとき嫌なことがあったのでもう二度と着ないと誓っているらしいがそれを私に共有してくれていないので着ない理由が不明な服もある。セレモニー用の服、次に我が家に起こるセレモニーはいつか、ずっと着なかったのに突然お気に入りになったりその逆だったり、奥の方に入っていたため存在を忘れていた服もある。それらをどうするか逐一判断せねばならない。収納には限りがある。

肌着は見た目が似ていても保温系と涼感系とがあるから混ざらないようにしないといけないし靴下類はかかとが薄くなってないか穴が空いてないか、ダウンにウール、クリーニング手洗い、手袋やニット帽など細々したもの、甚平やハロウィンや水遊び関係など季節もの……処分する服も状態が良くどこにも記名していないものは売るかお下がり、捨てるものは記名したところを切り取るか塗りつぶして資源ごみ、木綿の柔らかいTシャツや肌着は切って油拭きウエス、私の母が縫ってくれた服もあり、それは解体されまた新たな服や小物に生まれ変わるので実家に……判断、分類、判断、作業自体がいやなのではなく間断なく判断し続ける、それも自分のものじゃない、子供とはいえ他人のものを判断することの難しさ、あれ捨てるんじゃなかったなと後悔することもあり、なんでこんなのしまっといたんだと後悔することもある。

すべて判断するのが嫌さに子供にねえこれ着る、着ない？　出しとく、しまう？　などと尋ねていたら「それもうきないからすてて」と即答された1着が私としては思い入れのある服でちょっとがっかりしたりして、え、これ、お母さんと2人で街に買いに行って試着もして気に入って買ったやつじゃん、帰りにパフェ食べてさ、目印にかわいいワッペンつけてあげたやつ、ワッペンはアイロンで簡単にくっつくはずだったのになぜかうまくいかなくてわざわざ針と糸を出して手で縫って……まあいいか、じゃあこれは？　これは？　こっちは？　「もう、そんなのわかんないよ！」親子で疲れながら入れ替え、防虫剤も取り替え、衣装ケースに詰めてクロゼットに収め処分するものもまとめて今度は自分の服、見て見ぬ振りでただただしまいこんだ昨秋の横着を目の当たりにする。サイズのことはそこまで考えないでもいいがそれでもやっぱり生地の劣化、流行の変化、高かったしな、でも肌触りがな、着るかどうかわからない服を取っておくのと捨ててしまうのとどちらの罪悪感が大きいだろう。

ようよう衣替えを終えたころにはもう次の衣替えを思って泣きそうになっている。夏が始まっている。明日からやっと袖なしが着られる。

女はしない

知り合いの男児（6歳とかそれくらい）が「おんなはうんこもおならもせんのんよー」と言っているのを聞いた。冗談なのか本気なのかとっさに判断できない。驚いた。今年一番驚いて、なにか言わねばと思った。

おならの存在感と頻度にはそれは個人差があろう。あんまりしない人しても気づかれない人、家族の前でも決してしない人、生涯一度もしたことがないという設定で生きる人もいるだろう、が、うんこは。うんこはする。誰でもする。詳細を語る場はわきまえる必要があろうし私もそうしているつもりだがでも女はうんこしない、そんなわけあるか、便秘症でしばらくご無沙汰とか、自分の意思でコントロールできないとかいう人はおられようがうんこしない人はいない。性別関係ない。

6歳、微妙な年齢だ。単に冗談を言ったのなら私は大人として、女は〜しないなんていう冗談はつまらないよ差別だよと伝える義務がある。大酒を飲む女は下品、甘いもの大好きな男なんて恥ずかしい、女のくせにでかいバイク乗ってて生意気、男がきれいなかわいいものを身につけたがるのは異常、そんなのは全てただの差別だ。おならやうんこなどへの嫌悪があったとしても、そこに女がどうとかいうのをくっつけるのはまずい。

が、もし、彼が本気でそう思っていたとしたら。よそ様のうちの教育の問題にも関わってくるような、6歳、彼にそう教えたのは誰か。女性か、男性か、大人か子供か、その意図はなんなのか。あるいは教わったのではなく自然にそう思ったのか。メディアの影響？　彼には母親がいる、父親もいる、家に行って確認したわけではないが多分同居している。女きょうだいや祖母の有無は不明、うんこもおならもしない女とは彼の母親だろうか。うんこしてくるとかおならしたとか一切言わない母親といつも言う父親を見てそう思ったのか、だったら単なる事実誤認だ。あるいは、うんこうんこおならおなら連呼する子供に疲れた母親が、うちではもうその話題禁止！　ハイおかあさんはうんこもおならもしませんから！　みたいなことになったのかもしれない、その気持ちならちょっとわかる、でも、「話題にしない」のと「しない」のとには雲泥の差があるしそこに性別が絡むのは誤りだしいずれにせよ推測の域を出ない。

私は驚いたまま、いや、女もうんこもおならもするよ、おばちゃんも毎日めっちゃしよるし……としか言えなかった。その場でほらねっと一発放屁《ほうひ》できたらよかったが出なかった。後日彼の母親とも顔を合わせたがそのことは聞けずむしろ罪悪感というか、なんかまずいこと言ったかな、赤ちゃんはどこから来るかとかサンタクロースの正体とか、各家庭でセンシティブに扱うべきことだったのかも、でもそれとはちょっとやっぱり違うしな……。

彼はおしりたんていについてどう思っているのだろう。おしりたんていの父親はアニメにも登場し失礼こいていたが母親もこいたことがあるのだろうか、こいたらいいのではないか。いやそもそもあの臭いガスはおならじゃないんだっけ、おしりたんていもうんこは多分トイレでするし、いやそもそもうんこしないか、だって彼はキャラクターだから。でも、女はキャラクターじゃないからな、うんこもおならもするしなんなら月経だってある、あるんだよ。

鯛

スーパーの鮮魚対面販売コーナーにさしかかった。いつもより氷の上の魚が少ない。太刀魚、イカ、鯛《たい》が天然と養殖の2種類並んでいる。天然が白ピンク、養殖は黒光りしたような茶ピンク色をしている。同額でほぼ同じ大きさ、どちらにも『お刺身《さしみ》に！』の札がついている。天然と養殖が同額なんてちょっと不思議なようなと見ていると何度か三枚下ろしを頼んだことがある鮮魚コーナーの男性が出てきて愛想よく「鯛っ？」と言った。

私がええともなんとも答える前に「今日鯛買うなら絶対養殖っ」え、そうなんですか。ゴム引きエプロンの男性は笑顔の目のまま天然鯛を指差し「これねェ、お刺身にーなんつってっけど全然だめっ」だめなんですか。「ほら色うっすいでしょ、白ーくなっちゃって、これ全然新鮮じゃない。買っちゃーだめよ」なら並べとかないほうがいいんではと思いはしたがこの人に仕入れや陳列の権限があるわけではないのかもしれない。言われてみれば天然のはややハリがないような、養殖のは鱗《うろこ》も揃《そろ》ってきれいなような。「今日の養殖はいいよォ、新鮮、オススメ。どうする?」鯛を買うつもりなんてなかったが、話をした手前、それに家族で食べると考えたらものすごく高くはないのかもしれないしそんなにいいなら……養殖のを1匹頼んだ。刺身のサクにしてください。アラもいります。「はいよー」彼は縦に並んだ養殖鯛の上で一瞬手をひらつかせ、上から3匹か4匹目の鯛を取り上げてにっこりした。

ガラス越しの調理場で鯛がさばかれ始めた。じっと見ていてもあれかと思いパックの魚を見て回る。生と塩の鮭《さけ》、貝類、うなぎ蒲焼《かばやき》、エビにイカ、味つき半調理品、パックの魚も少ない、メバルも旬のはずの小イワシもない。ところで鯛はどうしよう、刺身、昆布締め、骨はおつゆで頭は酒蒸し、鯛の目玉は私の好物だが子供も食べたがるだろう。私が子どものころ大人たちは当たり前のように私（と弟）に目玉をくれた。お寿司でもお菓子でもなんでも子供優先で、それが当たり前と思っていて、でも大人になってみると私だって鯛の目玉やいくらやうにやクッキー缶に2枚しか入っていない豪華なやつを食べたい、あのころの大人たちも、内心食べたくても黙って笑って譲ってくれていたのだろうか。夫は魚の目玉は苦手だから私と子供で片目ずつ食べればどうだろう。

調理場を見たがまだ作業は終わっていないようだった。邪魔にならない隅っこに行き『鯛　旬』と検索した。7月半ばのいまの時期は産卵後で身が痩せておりベストシーズンではないらしい。だから天然はよくなかったのか、産後ね……産卵前で栄養を蓄えている春か、脂が戻った秋以降が旬とある。でも、じゃあ、オスはどうしたのだろう、『鯛　オス』と検索しようとすると予測変換の『鯛　お吸い物』を触ってしまいレシピが並んだ。店員さんに呼ばれた。鯛はサク4本のパックとアラ1袋になっていた。ありがとうございます、なんか今日、売り場の魚が少ないですね。「アー、漁がね、ほら船が出てないから豪雨のあれで。それで天然の鯛もね」あっ。「でもお客さんいい買い物したよォ、聞かなきゃわかんないよね。聞かなきゃだめだよ、なに買うんでも、なにするんでもさ」

目玉は2つとも子供に譲った。子供は目玉の中心の白いところをこりこりこりこりいつまでもかじっていた。

呪いの小石

高校の家庭科の授業で教師が「インスタントのお味噌汁、あんなの偽物ですからね、あれがおいしいっていう人はもう舌がおかしくなってるの」と言った。教室がなに言ってんのこの人という空気に包まれた。私も、そりゃ母の手作りとは違う味だけどあれはあれでおいしいのになと思った。その後の休憩時間、「うちインスタント味噌汁ばっかりじゃけどねえ」と苦笑している生徒がいた。「そんな、汁まで作っとれん」彼女のところは父子家庭で、料理は彼女ときょうだいの担当らしい。「うちの舌、おかしいんかねえ」そんなことないよ、おかしいんはあの先生の頭じゃけ、うちインスタント味噌汁好きじゃし、うちも全然好き、と彼女の友人が口々に言うのが聞こえた。

高校3年間の家庭科について覚えているのはその発言と調理実習で蒸し器にかぶせた濡《ぬ》れ布巾にガスコンロから引火しボヤを出しかけたことただ2つだ。蒸し器でなにを作っていたのかも、教師の顔も名前も忘れた。

似たようなことはその後もあった。妊娠中の母親学級、仕事を休めず料理する時間がない、インスタントや冷食に頼ってしまう日があるがどの程度なら問題ないかと質問した妊婦に講師（助産師だったか栄養士だったか）は「妊婦さんがインスタントラーメンなんて食べたらだめですよ。羊水がラーメンの汁の味になってお腹の赤ちゃんが苦しむんですよ」嘘こけ、羊水がそのまま飲食したものの味になるなら手作り具沢山《だくさん》味噌汁だって無添加有機トマトジュースだってたんぽぽ茶だって多分胎児に悪いわと私は思ったが質問した人はうつむいていた。

産後に聞いた食育講演会では「外食やお惣菜《そうざい》、レトルトなど濃い味を好む人はどうしても生活習慣病などのリスクが増えます、小さいころからおだしの効いた薄味手作りご飯に慣れさせてあげることは、ママからお子さんへの、未来の健康という最高のプレゼントなんですよ……」私の前の席で、ママ友同士だろう2人が顔を見合わせた。

そして現在、私の子供は明らかに手作りよりインスタント味噌汁のほうを好む。だしをとり旬の野菜、味噌は煮えばな、私の作った味噌汁を拒否した翌日、時間がないからと出したインスタント（ちょっと薄めに作る）ならうまうま食べる。「あんなの偽物ですからね」少し寂しいけど問題は頻度とか濃度なわけで、「舌がおかしくなってるの」離乳食から薄味を心がけ野菜も食べさせようとしてきた、市販品にお世話になることもあるけどそれだって「未来の健康という最高のプレゼント」ときを超え、顔も声も思い出せない教師の講師の言葉につまずく。知らない間に呪われている。

母親が毎日食事を作ってくれていた学生時代の私にはただの戯言に聞こえた発言も、学生生活と家事を両立せねばならない子にとっては切実な呪いになりうるし出産を控え不安な人にとってもそうだし子供の偏食に悩む人にとってもそう、それを一番食らってしまう人に効いてしまう、そりゃ薄味の方がいいとは思うけどそれなら絶対健やか長生きとも限らないし本人の好みだってあるし大人になって味覚が変わることも変えようとして変えられることだってあるし、とにかく良かれと思ってでもなんでも人を呪うなと思うし呪わないようにしようと思う。どんな小さい石にでも、引っかかって転べばやっぱり痛い。

広島の「平和教育」

他県から来て広島で子育てをしている知人が「広島ってすごいねえ、保育園でも平和教育するんだね」と言った。広島で生まれ育った私は当時まだ子供がおらず、自分が園児だったころのことは覚えていない。『おこりじぞう』とか読んでもらった気がするが小学校入学後のことだったかもしれない。平和教育ってどういうの？「爆弾が落ちて人がいっぱい死んだり怪我《けが》したって習ったって。年長さんだよ」どういう爆弾を誰にどうして落とされたというところは？「それはもっと大きくなってからなんじゃない？」まあそれはそうか。「あと鶴の折り方も教わってきたよ。私あやふやだったから子供に教えられちゃった。あれ意外と難しくない？」

その後私にも子供が生まれ夏が来て、園で戦争を扱った絵本を読んでもらったと聞いた。平和について考える取り組みをしていますともお便りに書かれていた。平和ってどんなことだろうと話し合うのだそうだ。おともだちとあそぶこと、おいしいごはん、おじいちゃんおばあちゃんちにいくこと、ニンテンドースイッチかってもらえること、などの意見が出て、それを大切にしていこうね、というような結論になるらしい。鶴の折り方も、千羽鶴の由来となる佐々木禎子さんの話なども学んできた。確かに私もすごいと思った。

自分が園児だったころのことは忘れたが小中高と「平和教育」を受けたのは覚えている。被爆者の方の証言を生で聞いた年もありビデオを観《み》た年もあり平和記念公園で碑をめぐるスタンプラリーをしたこともあった。もちろん鶴も折った。休憩時間にちょこちょこ折って学年で千羽を目指す、校則違反のピアス穴に透明ピアスを刺しているような生徒が傾《かし》いで座ってお喋《しゃべ》りしつつきれいに素早く折っていたりして、どれだけ丁寧を心がけても白いところの見える歪《ゆが》んだ鶴になってしまう真面目しか取り柄のない私は肩身が狭かった。私もだが身内に被爆者がいる生徒も多く、その体験を聞いて作文を書いたりもした。

そんな風に平和教育を受け続けてきた広島の人々はだから平和への意識も高く、政治、特に平和と直結する改憲や核兵器禁止条約批准などへの関心も高くそれが支持政党や投票率に大きく影響しています、という風には実はまったくなっていない。私の知る限り、例えば直近の国政選挙である2019年の参院選の投票率は44・67％（ちなみに当選者は森本真治氏と河井案里氏、後者は公職選挙法違反で起訴）お隣の山口より岡山より低く全国平均（48・8％）も下回っている。なにが平和教育じゃという話だ。

「平和教育」、証言を聞き平和記念公園を巡り紙に感想を書いて提出した、せかいのみんながなかよくしないといけないとおもいましたとか、もう2度と戦争を起こしてはならないと痛感しましたとか、国際社会に核の非人道性を訴えるのは戦争被爆国である日本の役目ではないだろうかとか、学年が上がるごとに適切と思われる言い回しで書いてきた。でも、実際、国際社会で核の非人道性を訴える機会は多くの人には訪れない。せかいのみんなとなかよくするったってあまりに抽象的な目標だ。

今夏、「1945ひろしまタイムライン」というのが話題になった。「もし75年前にSNSがあったら?」というNHK広島の企画だ。(続く)

新しい「平和教育」

「１９４５ひろしまタイムライン」というＮＨＫ広島によるツイッター上の企画が２０２０年の春から始まった。10代の男の子、出征した夫を案じる妊婦、新聞記者の男性、１９４５年の広島に生きていた３人の実際の日記を基に、同年代で立場の近い人々が彼らになりきってつぶやく。それを読むと、現在を生きる私たちとなにも変わらない人々の戦時中の日常が浮かび上がる仕組みが目指されている。

つぶやきは実際の日付と連動し投稿されていたため、８月６日が近づくにつれ読み手の緊張は増した。なにしろツイートする３人はあの非道な原子爆弾のことを知らない。一発が街を壊滅させ多くの罪のない人々を焼き殺し爆風で吹っ飛ばしなんとか生き延びた人々の健康を害し続けそれが75年後のいまも終わっていないことを知らない。

この企画は相当多くの人の心に響いたようだ。私もいい企画だと思い、いくつかリツイートした。危ないから8月6日には広島に行かないで！　などとリアルタイムで彼らに送る人もいたらしいし特集番組でも反響の多さに言及されていた。遠い他人事だった戦争を自分事として感じられたという感想に司会者やゲストが頷《うなず》いた。『この世界の片隅に』を思い出す。あの作品も、丁寧に描かれたすずさんという女性の生活に触れることで、戦時中も人々は私たちと同じようにつつましく切実に日々を暮らし、喜び悲しみ、それなのに戦争が暴力的に断ち切り奪った……という受け取り方を多くの人がしていたと思う。

漫画や映画や小説などの物語は、史実をまとめた資料よりずっと享受しやすい。共感できる要素があればなおさら、自分たちと変わらないごく普通の人々の幸せを壊す戦争、原爆、リアルタイムで展開されたひろしまタイムラインはその物語にあたかも自分も参加しているような切実さを演出した。本当にこれで初めて戦争を身近に感じた人もいるのだろう。新しい「平和教育」として有効だといえたかもしれない一方で問題もある。

本文を書いている8月23日現在もタイムラインは更新されているのだが、8月20日のツイートを問題視する声がネットに上がった。差別を煽りかねない内容で、仮に75年前の日記にそう書いてあったとしても、現在も根強い差別と偏見がある問題を扱う以上、日本の近現代史教育の不十分さ歪《いびつ》さも指摘されている以上、こういう内容には少なくとも注釈や配慮が必要ではないかという意見は当然だ。

しかもその後、該当のつぶやきは当時の日記ではなく、後年の手記やインタビューを基に作成されたものだということ、また、それ以前にも日記の記述にはない差別的なつぶやきがあったことが発表された。だとすれば、戦時中リアルタイムの空気を反映した表現だから構わない、あるいは、だからこそ意味がある、という建前にも疑問がわく……このことは、「物語」の危うさもまた可視化した。物語にはどうしたって、書き手、作り手の意図が大なり小なり意識的になり無意識的になり混入するのに、受け手はそれに気づかず享受し共感してしまいうる。

私たちがいままで触れてきた「平和教育」的物語の多くは、空襲や原爆や、日本（の一般庶民）が被害者となる側面を扱ったものだった。私たちはそれらに触れ、戦争は繰り返してはならないと思いますと感想を書いて提出してきた。

（続く）

「平和教育」の先

私たちは戦争を扱った物語に涙を流し共感してきた。二度と戦争は起こしたくありませんと感想を書いた。物語の誰もが、戦争したくないと思っていたはずだ。でも戦争は起こった。自然に起こったのではなく人が起こした。それを踏まえ、広島で「平和教育」を受けてきた私たちは一体なにをしているのか？

平和ってなんだろう幸せってなんだろう、それを失いたくないよね、こんな普通の人たちの生活を奪うなんて焼き尽くすなんてひどい、そういう実感、共感、それを感じさせる物語は子供や若者、関心がなかった人を誘導する入り口としては多分有効な一方、それは誰かが誰かのために作った「物語」であるという危うさを忘れてはいけないしそしてなにより「入り口」に過ぎない。へいわってなんだろうと幼稚園保育園で話し合い、鶴の折り方と千羽鶴の由来を保育士に教わった私たちは、その後卒園し入学し卒業し成長していくどの時点でそこから先に、つまり具体的になにをすれば平和に近づくのか、戦争を起こさないようにするにはどうすればいいのか学んだだろうか？

戦争を知らない世代にも、被爆者の証言を広める活動をしている人がいる。被爆建物の保存活動をしている人も反核団体で活躍する人もいる。そういう方々に心から敬意を抱いている。でも、そうじゃない、日々の生活に、労働や家事やその他のことにいっぱいいっぱいの私たち、自分と周辺の人々の幸せをまず願いながら特別な活動をする時間や余裕のない私たちは、どうして全員投票に行かないのだろう？　そうするよう学ばないのだろう？　教わったけれど忘れただけ？

そこそこ複雑な鶴の折り方を指に覚えこませるほどの反復で、義務教育だけで9年間高校もなら12年間の夏ごとに、平和を願うなら原爆が非人道的と思うなら投票へ行こう、政治に興味を持とうと、教え教わってきていないからこその投票率の低さ、政治への関心の低さなのではないだろうか？　重要なことが報道されないことについてどう思うのか？　そもそもどうして報道しないのか？　ひろしまタイムラインという企画でこれだけ人々の心を動かすことに成功した報道機関にならば、大本営発表再びみたいになりつつある現況に異を唱えることができるはずだしそうじゃないならなんのために存在しているのか？

いまよりもっと選挙権が限られていて（『この世界の片隅に』のすずさんにもひろしまタイムラインの妊婦さんにも選挙権はなかった）なんのかんの日本軍はイケイケドンドン鬼畜米英本土上陸の暁には竹槍《たけやり》攻撃ヨロシク、という大本営発表を信じ（ていたわけでもないのだろうが）従うしかなかった人々と私たちは少なくともいまのところはまだ違う。女性だって選挙権を持っているし（日本に暮らす外国籍の人にはないことは議論すべきだと思うが）海外ニュースから国内で報道されないことを知ることもできるしＳＮＳで意見を表明することだってできる。他の国々が戦後、自らの戦争加害にどのように向き合っているか知ることもできる。

私たちは世界の片隅にいるけれど、でも、その片隅はいまや世界の真ん中でもある。物語に共感したり泣いたり反省したりした私たちにはすることがある。それを教え考えることこそが平和教育なんじゃないだろうか。

名前のない読書

10年ほど前、新人賞に応募するとき、姓名判断サイトを見た。作品を本名で出すか筆名で出すか筆名ならどんなものにするか考えたかった。まず本名を入力したところ非常に悪い結果が出た。人間関係悪く仕事は傾き健康に難あり早死に、いやいやいやいや、と他のサイトでも調べたところ表現は違うが似たような結果、とにかくあまりよくない。更に調べてみると、旧姓はそう悪くなく、これじゃあ結婚を機に運が悪くなったみたいではないか、そこまで占いを信じてはいないが、賞に応募するに当たってかつげるゲンはかつぎたい、筆名を考えよう、それであれこれ本名をいじってできたのが「小山田浩子」という筆名だった。

本名で応募していたら落ちていた、ということはないと思うが、この名前で無事に新人賞を受賞することができた。ある程度いい運勢だったのだろう、幸いその後も運に恵まれ、細々とだが仕事を続けることができている。新しい、いままでしたことがない仕事をする機会も得た。本コラムもそうだし、あとは今年初めて、文学賞の選考に関わった。

徳島新聞主催の「阿波しらさぎ文学賞」の選考委員、これまでは吉村萬壱さんが選考委員を務めておられ、そこに今年から私が加わった形になる。地方文学賞はいろいろある中、前回前々回と大きな話題となり受賞者の方々も活躍しておられる。

この賞は、選考委員にその作者のプロフィールが明かされない。誰でも受賞可能な大賞のほか、徳島県在住・出身者のみが対象の賞と、25歳以下の書き手のための賞とがあるためその2点については該当するかどうかが付記されているものの、あとは名前も性別も経歴もわからない。

誰が書いたのか情報がない読書、これが想像以上に新しい経験だった。同時に、いままでどれだけ自分が書き手の名前や性別や経歴に引っ張られて作品を読んでいたのかと気づかされた。思えば子供のころの作文だって、誰が書いたのかこみで内容を聞いていたし、教科書、古典、文豪、新進気鋭、全部誰が書いたのかを知ってから読み始めてきたしなんならそれが作品を読むよすがにすらなっていた。それがこれ一切ない。

読みながら、女性が書いたのかなとか年配の人かなとか書き慣れている人かなとかあまり書き慣れていない人かなとか、そういうことを考える作品もあったし考えてもわからない作品もあったしそもそもそういうことを考えさせない作品もあった。面白い作品、不可解な作品、その評価は作品の文字列にしかない、私が作品を選んでいるようで、作品にこちらが試されてもいるような……

選考会が済み、最終候補作を書いた人々の名前を知った。気になった作品の書き手の名前を検索してみれば、本を出したことがある人、ネットで作品を発表している人、音楽活動をしているらしい人などもいた。それらを知っていたら選考結果が変わったかもしれないとは全く思わないが、読んでいる間の印象は違っていたかもしれない。受賞作は新聞とネットで発表になったため読めるが、もうそのときは名前と顔写真とプロフィールつきで掲載されている。そういうの抜きで読むというのは選考委員の特権、忘れがたい選考という以前に忘れがたい読書となった。

Eテレさん

Eテレさんには足を向けて寝られないという子育て世帯は多いだろう。ときに娯楽を超えた教育であり時間割であり他の保護者との話の種であり心の支えにすら、が、だったらEテレさんを全面的に信頼できるかというとそうでもなく、ん？　と思うことはちょいちょいある。

本当にありえない案件はさすが少ないが（若者の生殖決定権について優生思想的見解を述べ批判された歌手が子供らと触れ合う場面が、問題になった後に普通に放映されたのには目と耳を疑ったが）、そこまでじゃないけど……なことは割と、例えば子供番組出演者男性は中高年（おじさんおじいさん）も結構いるのに女性は子供から若者に偏ってるそもそも少ないしとか、子役が芸能人である前に1人の子供として守られてない企画じゃないのこれとか、差別的歌詞とか、いくら演出でもそんな怒鳴らなくてよくない？　とか……好みの問題ではなく、日本に暮らす多くの子供が最初にどっぷり触れるコンテンツとして、あと受信料もお支払いしているわけだし、Eテレさんには倫理観をしっかり持っていてほしい。希望しますとかじゃなくそうじゃないとダメだ。

とはいえ好きで、絶対観《み》たい番組もやっぱり多い。「昆虫すごいぜ！」という番組は、検索窓に「かまき」まで打つと先頭に「カマキリ先生」（その番組のMC）という候補が、カマキリの飼い方や室内で卵が孵《ふ》化《か》したときの対処法より上に出るくらいの人気、私も全回観ている。

特別企画（海外へ行くとか）を除き、番組は虫捕りや実験のロケとスタジオでの授業で構成されている。授業の聞き役の片方は子役の男の子、いつも同じ多分かなり有名な、そしてもう片方はそれより年上、でも若い、10代から20代に見える女性、この女性枠は毎回変わる。2回出た人もいるが連続出演は確かにない。どの女性も虫がほどほど苦手、でも叫んで泣いて逃げるほど無理でもない感じ、男の子はわりと虫好きなようで番組中なぜか最新図鑑を先生に逆レクチャーする一幕もあった。なお、カマキリ先生は2人の母親という「設定」で、たまに「母さんはね」などと自称する。

最近、スタジオの聞き役が1人の回があった。女性のみ、男の子はお休みらしい。先生は番組が始まり早々「ひとりいないけどうちの子が」と言った。「あとでCGでつけるの?」

先述の通り、この女性タレントの枠はほぼ毎回違う人だったが、いままで先生(母さん)は一度もそれに言及しなかった。今日は次女なの、こないだ長女だったけど、とかもない。そして観ているこちらも、ああ、この枠の女の子って毎回変わるんだー、と思っただけだった。前回の人も素敵《すてき》だったけど今回の人もいいね、ほらあの打ち切りになった番組、あれのレギュラーだった子だーかわいいねきれいだねー、とかしか。そういうもんだよねテレビってとか。

Eテレさんやカマキリ先生に意図があったわけではないだろう。でも、有名男の子子役には代役として別の子役(カマキリは一度の産卵で100から

３００の子を産む）が立てられなかった上でその不在が話題になりあとでＣＧで云々《うんぬん》と冗談にせよ発言し、女性の枠は毎回入れ替わっているのにそれが話題になったことすらないことが、なんというか、作り手や視聴者の無意識のなにか、を浮き彫りにしたように思われてならない。

ヤゴ

ベランダでヤゴが羽化した。

ヤゴはメダカを飼っている睡蓮《すいれん》鉢にいつの間にか入りこんでいたものだ。メダカを食べられてしまうと困るので水中で素早く動くのをなんとか捕獲し、飼育ケースで飼うことにした。睡蓮鉢に自然発生する小さい貝を餌として与え、何度か脱皮後の皮というか殻も確認した。

ある日、ヤゴがケースに挿した竹ひごを登っているのに気づいた。水面から2センチくらいのところ、朝8時過ぎ、おっと思って顔を近づけた。ヤゴは竹ひごにしがみついて動かない。もしかして死んでいるのではと不安になるほど動かない。ふっと息をかけると尻尾（というのか、ヤゴのお尻についている3

本のひらっとした尾ひれのようなもの）を震わせた。

じっと見ているのがいけないのかもしれない。私は室内に戻った。15分ごとにアラームをかけ様子を見にベランダに出ることにした。15分後、ヤゴは数センチ上に移動していた。外は朝から雨が降っている。トンボとか蟬《せみ》とか蝶《ちょう》とか、羽化したら羽を乾かして飛んでいくはずだがこんな天気で大丈夫だろうか。雨はそんなに強くないが空気は完全に湿り夜まで降る予報、ケースで飼ったりしたから野生の勘みたいなものが鈍ってしまったのだろうか……動かないので室内に戻る。もう15分、竹ひごの反対側に回っている。さらに15分、また少し上に行っている、が、私がベランダに出て見ている間は動かない。多分警戒されている。羽化直前にもそれだけものが見えているのか、気配か、いまのこのトンボの視界というか神経というか世界はどうなっているのだろう。

そしてさらに15分経《た》ち見るとヤゴの背中が割れ中から半分くらいトンボが出ていた。慌ててスマホ画面にヤゴ（トンボ）が映るよう固定し動画を撮り始めた。最初からそうしとけばよかったのかもしれないがトータル何時間かかるか見当もつかなかった……頭部は透明感のある薄緑で目は茶のまだら、薄黄色の胴体がぐっとたわみ、羽もすっかり見えている。ヤゴ殻にはもう腹の先端がちょっと隠れているだけだ。動かない。ついいましがたここまで羽化したとは思えない。やっぱり私の存在が無理なのか、スマホに賭けて室内に戻り気配を消した。

5分後、見るとヤゴはトンボになっていた。羽根は白っぽくくしゃっとして、胴体もやや太く短いが完全にトンボだ。スマホを回収し確認すると、私が立ち去った直後、待ちかねたように柔らかそうな黄色い腹の先端がヤゴ殻から離れていた。もうちょっと粘ったら見れたかも、いや私がいたらダメだったのかも、私の眼《め》の前でその胴体はみるみる伸び色も濃くなり羽も透明にピンと乾いていった。ヤゴの長さの1・5倍くらい、全身が濃い鮮やかな黄色、細い、多分キイトトンボだ。いつしか雨は止《や》み予報に反し晴れ間が見え始めた。ヤゴにはちゃんとわかっていたのか……トンボはしばらく網戸や物干し竿《ざお》あたりにいたがいつの間にか姿を消した。空はもうすっかり晴れて乾いていた。竹ひごには空になった抜け殻が残された。薄茶色い細い足がそれでもしっかり竹ひごにくっついて白い細い糸のようなものが抜け殻の頭部からぴょろんと飛び出ていた。

トンボには、どこかでうまいこと暮らしていってほしいし、でも、うちのベランダに戻ってきて卵を産んだりはしないでほしい。

自動ドア

アパートの自動ドアが壊れた。外に出ようとして前に立っても開かない。どうも外から入る分には大丈夫のようで、だから、自動ドアそのものの故障というよりはセンサーの問題なのだろう。困ったなと思っていたらすぐ修理の人が来て夕方には解決した。

仕事から帰った夫にその話をした。「今日さ、アパートのエレベーターが壊れとってさ」「あー、うん、そうだったね」夫も頷《うなず》いた。「朝、仕事行くとき、1回じゃ開かなくて行ったり来たりしてたら開いたけど」「あー、朝はそうだったん、うちが行ったときは全然開かんでからね」「でも、さっきはもう、普通に直ってたけど」「そうそう、昼過ぎくらいにエレベーターに修理の人が来て」ここまで話してから、ん？　と思った。調子が悪かったのはエレベーターじゃなくて自動ドアだ。でも、なぜか私は自然にエレベーターと言い夫もそれを理解した。なんでじゃ、と2人で顔を見合わせる。1つには、ドアが自動で開くという点はエレベーターも共通していてその類似、あとは多分、いままでの人生で、自動ドア、と口に出した頻度とエレベーター、と口に出してきた頻度の差ではないだろうか。

エレベーター、という単語を我々はしばしば口にする。3階だって、階段、それともエレベーターにする？　というようなことはよく言う。が、自動ドア、自動ドアって口に出して発話したことがあっただろうか。こんなに世界にあふれていて、それこそ自宅アパートを出入りするときも、スーパーでも郵便局でも銀行でもどこでも、それは目の前にあって開いたり閉じたりしているのにその名を呼んだことがない。まだ、回転ドア、の方が言うかもしれない。うち回転ドアが苦手でね……自動ドアの大半が透明だからかもしれない。触れることなく無言で開くからかもしれない（触らねば開かないタイプもあるが）。生まれたときから自動ドアがそこらにあった人と人生の途中で現れた人とでも違うかもしれない。あまりにありふれて、壊れたときしか意識に上らないもの……

他に手動なりなんなりの出入り口がある場合はいいが、ない場合は怖い。実は、私は、開かない自動ドアを、ちょっとだけ手で押したり引いたりしてどうにか手動で開けられないか試みたのだ。が、ビクともしなかった。毎日毎朝毎晩何度でも黙ってすうっと開いていたのが嘘のように強固に動かない。本来これが動くものだと信じられないくらい、同情の余地もなにもないくらいそれは重くて硬くてつるつるしていた。もし、電気なりセンサーなりがダメになった状態でそこに自動ドアしかなかったら……それはまあエレベーターも同じだが、エレベーターがあって階段がないという状況は稀《まれ》でも、自動ドアしかない出入り口は少なくないような気がする。普段、意識もしないで口にも出さないでただただ恩恵に預かっている透明なものが、なにかのときには堅牢《けんろう》な壁となって立ちはだかる……

一度壊れたものはまた壊れるかもしれない。以後、なんとなく、私は自動ドアを通るたびにうっすら祈るような気持ちでいるし、無事それが開くとなんだか静かな奇跡のような気がするし、街のそういう無言のものたちを作り上げ修理し維持していく人たちにつくづく感謝しなきゃなあ、とも思う。ありがとうございます。

朝の4時

朝の4時だ。家族はまだ寝ている。夫の寝息が聞こえる。子供のは聞こえないが布団に対し真横になった体勢から深く寝ている気配が立ち上っている。肌寒い。我が家の朝は6時に始まることになっている。大人2人が目覚ましの音で起き上がる。それぞれ身支度し弁当を作りしているうちに子供も目覚め子供番組も始まる。とにかく4時は早すぎる。

最近うまく眠れない日が多い。寝つき悪く眠り浅く変な時間に目が覚める。ひどいときはどうにか寝入った直後に嫌な夢を見て冷や汗をかいて飛び起きるし、うまく入眠できたとしても朝4時くらいに起きてしまったりする。こうしてお年寄りは朝早く目が覚めるようになっていくのかと思う。お年寄りたちはどうかわからないが、勝手に4時に目覚めたくせに、私の体も頭もああ十分寝た寝たすっきり、という感じでなくどろんと疲れが残っている。そして再び目を閉じても眠れない。

私は元々長寝のたちで、子供のころから社会人になるまで、いつも夜9時から朝6時半くらいまでぐっすり寝ていた。それが幸せとも思っていなかった。ごくたまに眠れない夜があった。寝てもすぐに目覚めてしまった夜、あるいはそもそも眠くならない夜、多分年に1度か2度の、そんなとき私はむしろ大喜びで子供部屋に電気をつけ本を読んだ。読み慣れた本でもいつも寝ている時間に読んでいると思うとよけい面白く、朝が遠いことが喜ばしく、夜の間にいくらでも読める気がした。徹夜するつもりがいつの間にか電気をつけたまま寝てしまって、それでも、翌朝眠くてしんどかったとかいう覚えもない。

いまは小さいアパートに家族で住んでいる。1人だけいつもと違う時間に目覚めたとしても、電気をつけて本を読むとか、温かいコーヒーを飲むとか、着替えて早朝ウォーキングに出かけようとか、そういうことは難しい。多分音や気配で家族の睡眠を妨げてしまう。私よりずっと遅く布団に入る夫の眠りも浅いようで、私が台所で水を飲んだりしただけでもすぐにもごもご言って起き上がり「朝？」などと言うのだ。起こしたくない、とはいえ、4時から6時、2時間、暗い中ただじっとしているのにはあまりに長く、それで、ついスマホで電子書籍を読んだりネットを見たり、すると目がじんじん疲れてきて5時とか5時半くらいには目を閉じたくなってしまう。そして、閉じると瞬時にもう6時、目覚まし、起きるのがつらい。

今日は布団の上に座りノートパソコンを膝に置きこの文章を打っている。打音が大きくなりすぎないよう気をつけている。家族の方に漏れないような角度に置いた液晶の白い光が目に刺さり窓の外はまだ暗い。寝始めたころよりはほんのり青みがかって見えるような気もするが明るくはない。かすかにギターの音が聞こえた。曲というよりは音と音と音、というような、多分あまり上手ではない演奏、初心者の練習中？　それか、音が遠すぎて途切れて震えてそう聞こえるのか、こんな時間にギターの練習をしている人なんているだろうか、もしかして空耳なんじゃないか、いやでも、人によったらいまは早すぎる今日の始まりではなく1日の終わりだったり最盛期だったりするのかもしれない。膝の上のパソコンの底部が熱い、まだまだまだまだ6時は遠い。

生落花生

生落花生をたくさんもらった。家庭菜園のもので、季節の味、塩茹《ゆ》でして食べると大変おいしい。が、送られてきたのが夜着の便で、夕食も食器洗いも済んでいて、なおかつものすごい量だった。ポリ袋いっぱいの殻つき生落花生、持ち上げると手首にずしりと重たい。

落花生は茹でると日持ちしない。何年か前にももらって大喜びで茹で、食べ切れずに傷ませてしまったことがあった。別の年には茹でたのを冷凍して、そのことをすっかり忘れてそれも結局食べきれなかった。それならと生のまま冷蔵庫に入れておいたらカビが生えた年もあった……どうしたものかなと思いつつ鍋に入るだけの量を洗って茹でる。塩を多めに入れる。味見をして硬さを確認する。枝豆などと違い、しっかり芯まで茹でた方がおいしいと思うのでそうする。毎年適当なので覚えていないが今年は40分くらいでいい茹で加減になった。

ざるにあげ熱いのを我慢して殻を割って実を食べる。おいしい。塩気が中までしみているようで、噛《か》んでいるとそれがパッと消えて甘さが残る。絞れば油が採れるというのがよくわかる濃さだ。粒が大きいの小さいの、薄皮が茶色いの白いの薄紫がかって透けているの、ほくほく、とろとろ、シャキシャキしたのなど個体差が大きくどれもそれぞれおいしい、手作りの醍醐味、粗熱が取れた辺りで子供と夫にも声をかけて食べる。最高だが濃厚なので食べられる量は限られているし、もう食後というより寝る前の時間だしそろそろ止めておいた方がいいだろう。茹でたのも生のもまだ残っている。人がせっかく育ててせっかく送ってくれたものを食べきれないときの罪悪感といったらない。

自分で選んで買う取り寄せなどと違い、人が送ってくれるものは量やタイミングをコントロールできない。例えば、もし私が生落花生を取り寄せたとしたら（好物なのでその可能性は十分ありうる）夜着の便にはしなかったかもしれない、量も違ったかも、夕食は肉じゃがではなくもっと軽いものにしたかも……人にものを贈るというのは考えようによっては恐ろしいことだ、茹でた残りはとりあえず容器に入れて冷蔵庫にしまう。明日、殻から取り出して炊きこみご飯にする。ポリ袋に入った手つかずの生落花生を見る。これも茹でてしまおうか。このまま冷蔵庫に入れようか……

突然、脇腹の下あたりからじわじわと面倒臭さが立ち上ってきて台所で何度か跳ねた。夫に尋ねるとお菓子やおつまみナッツみたいなやつは？　と言う。「どう作るんだろう。焼くのかな？」焼くというか炒《い》るのだろうがその前に乾燥させるんじゃない……そうか乾かせばいいのか、生だから傷みやカビを気にせねばならない、私は生落花生を全て洗ってタオルで水気を取って野菜や餅を乾燥させるネットに入れた。本来重ならないようにすべきだろうが量が多く、ネットの中で山になっているが時間をかけたら乾くだろう。

翌日からベランダで干している。当面晴れの予報だ。例年秋祭りのころ咲くことになっているキンモクセイの匂いがする。今年の秋祭りは中止になった。たまに揺すって上下を替える。表面は乾いてきたが中はまだの感じがする。どれくらいかかるのだろう、落花生が乾いたらどうするかはだからまだしばらく決めなくていい。

呼び方

10年前に自分が書いた文章、小説ではなくエッセイ的な文章を読み返していたら、夫のことを「主人」と書いていて仰天した。いまなら主人とは言わない、というか、当時も私は夫のことは夫と称していたはずだ。そのころ人に「オヤマダさんて旦那さんのことを夫って呼ぶんだね」とやや不思議そうに言われた鮮明な記憶がある。そう発言した同年代の女性は自身の配偶者をうちの旦那、と呼んでいて、当時の、私の周囲の20代半ばから30代くらいの女性ではそれが多分多数派だった。

川上未映子さんが、配偶者のことを主人や旦那と呼ぶ、呼ばれるのが嫌だ、おかしいということを書いておられたなと調べたら２０１７年１月の記事で、たっぷり3年9ヶ月経っている。その間に日本でもフェミニズムが話題となり、明白なジェンダー差別の問題点だけではなく、誰もが無意識に内面化している差別の根深さも明るみに出るようになったものの、「小山田さんのご主人は」等と言う人は依然として多い。東京の人も広島の人も変わらない。いちいちハッとしつつ「夫はですね」と答えるが、自分も10年前にはそう書き、それが印刷され流通した。おそらくその方がフォーマルだと感じたのだろう。

川上未映子さんも3年9ヶ月前に指摘しておられるが、主人と呼ぶ人呼ばれる人という2人1組がいた場合、そこには主従関係が発生する。している。私は配偶者に対し「従」である、と思う人だったら自分の配偶者を主人と呼ぶのは自然なのかもしれないしただの慣習と言われたらそうなのだろうが、少なくとも、自分ではないよその2人1組に対して、あなたが「従」でもう1人が「主」ですよねと断言するのは失礼だ。

というようなことを考えながら見ていたテレビで、50代くらいの1人の女性が自分の配偶者を夫と呼んだり主人と呼んだり旦那さんと呼んだりしていた。

意識して使い分けている風ではなく、単に響きやリズムで言いやすいように言っているらしかった。そう、単に、口が耳がそれに慣れているからそう呼んでいるという人が多いと思う。でも、いくら慣れ親しんだものでも、例えば煙草の副流煙の有害さを知れば禁煙したり、少なくとも喫煙所でだけ吸うようにしたりというように行動を変化させてきただろう、少し前まで職場でも路上でも飲食店の席とかでもみんなもっとすぱすぱ吸っていた。いままでそういうものだと思ってきたけれど、よく考えたら誰かをあなたが従でもう1人が主ですよと勝手に断言するのは失礼で、相手は嫌な思いをしうるからやめませんかというだけだ。

相手の配偶者を呼ぶとき、そしてその人の下の名前を知らないとき、「おつれあい（さま）」、というのが男女問わず使えていいなと思っているのだが、しょっちゅう聞き返される。電話やＺｏｏｍなどだと特に「えっ？」となる。私の滑舌の問題かもしれないがそれ以上に、おつれあいさまという音の並びに耳が慣れていないのだと思う。ご主人とか奥様だったら多少発音が不明瞭でも、それこそ「あなたのごすずんは」「のくたまお元気?」とか言ったって相手の耳と脳は聞き取ってくれるのではないか。夫さん妻さんでもいいし、みんなの耳と口が早く慣れるよう、聞き返されてもめげずにあなたのおつれあいさまはお元気ですか！　と叫びたい。

故郷の言葉

夏が始まるころ、古そうな個人商店で買い物をした。店内には大きな蚊が複数入りこんでいるようだった。戸口は開け放たれ、レジの奥で扇風機が回っている。蚊を気にしながら応対してくれた年配の女性は広島弁ではない方言を話した。語彙や語尾というよりイントネーションが違う。いくらここが広島の田舎だと言ったって、普通に標準語を話す人もいるし、要はみんながみんな広島弁なわけでもない。が、彼女の口調が気になったのは、それがこの辺りではあまり聞かない、だが私には耳慣れたものだったからだ。

私の夫は徳島出身だ。彼女の口調は義父母のとよく似ていた。私は彼女にどの商品を買うべきかアドバイスを受け、これにしますと決め、包んでもらいながら世間話をし、ええと、こんなことうかがうのあれかもしれないんですがもしかして四国の方ではありませんか？　女性はこちらを見て「あなたも？」あ、いえ、私は広島なんですけど、夫の両親が徳島にいるもので。似ているなと思って。「ああ。徳島じゃないけど、四国よ」やっぱり。「いまでも言葉だけはなあ。この店に嫁いでもう50年になるのに」

50年、それも商店で毎日多くの人と話しているだろうに故郷の言葉が抜けない、つまり彼女にとってより長い時間を過ごしているだろう広島のより故郷の言葉の方が強いということだ。

初めて夫の実家へ行った際、無事到着し挨拶も済ませたことを報告するため自分の両親にかけた電話で「どしたんねその喋《しゃべ》り方」と驚かれた。自覚なく、驚いて夫に尋ねると確かにいま私は阿波弁っぽいリズムと調子で話していると いう。関西の人と話した後に別の人に会ってあれオヤマダさんって関西でしたっけと言われたこともあるし日本語堪能なアメリカの人と話していてどこか翻訳口調になってしまったこともある。とにかく相手のイントネーションや読点の位置にすぐ影響される。違う土地に住んで50年も経ったら私の広島弁なんて跡形もなく消えてしまうかもしれない。生まれ育ち現在も暮らす広島の言葉がそれなりに好きで小説にも書いているのに、私の耳と口はなんだか薄情ではなかろうか。

「言われるんよねぇ。『どこからきちゃった（おいでになった）人かいのォ』ちゅうて、自分じゃそんなにわからんのだけどね。子も孫も広島弁で、私はおんなじに話しとるつもりなんやけど」彼女は素早く自分の腕を叩《たた》いた。ゆっくり外した手のひらに血はついていなかった。「逃げた」蚊がゆらゆら目の前を横切った。手負いに見えた。私は突然自分がとても不躾《ぶしつけ》な質問をしてしまったように思い、個人的なことをうかがい失礼しましたと言った。「なんもなんも、ええんよお」彼女は笑った。客商売だから内心がどうでもそう言わざるをえないだろう。私は頭を下げ店を出た。またきてねえ、と後ろから声がした。本当に義母に言われているような気がした。帰ってから手足を複数箇所食われていることに気づいた。

秋になり再びその店に買い物へ行った。また店内を蚊が飛んでいた。もうあまり蚊を見かけない時期になっていた。「いらっしゃい。徳島のご義両親《りょうしん》はお元気？」ええ、はい。毎年お盆には帰るんですが今年は難しくて。「今年はねえ」彼女は頷《うなず》いて商品を少しおまけしてくれ「今年の蚊はひつこい」と言って白い両手をパチンと合わせた。

買い物が苦手

誕生月を迎えたため、以前利用したことがあるショッピングサイトからクーポンが送られてきた。誕生月の注文1回に限り500円割引だという。

その店は前月に送料無料キャンペーンをしていた。12000円未満だと通常送料500円のところいまだけ無料、それで、いま使っている消耗品（3000円）を買っておこうかなと思ったのだが、なんとなく実行に移さないうちにキャンペーンは終わった。生活必需品以外の買い物、特にいつでもどこでもなんでも買えるネットショッピングには、要不要や金額的バランス以外に買い物したい気分かどうかというのが大きく関わるように思う。

誕生月クーポンが送られてきたとき、お、じゃあいまこれであの消耗品買えばいいじゃん、待っててよかった、と思った。と同時に、いや別によくないか、とも思った。だって３０００円プラス送料５００円でクーポン利用マイナス５００円だったら、実質送料無料クーポンということになる。だったらこないだの送料無料のとき買っておけばよかったのでは？　むしろ損した？　そうすれば送料無料の上に割引だった？　いやいやいや違う、送料無料時はまだ誕生月じゃなかったからクーポンなかったじゃん、だから割引なかったじゃん、つまりあのとき買ってもいま買っても、得する金額５００円、同じじゃん、同じだよ、という理屈に納得するまで少し時間がかかった。私は昔から算数が苦手だ。年をとって余計に苦手になっているかもしれない。よくセンター試験など乗り切ったと思う。

まあ、だから、送料無料だけでもありがたいと注文しようとした矢先、１２０００円分買って送料無料にした上でクーポン使うのが一番得なんじゃないか？　と頭をよぎった。でも、３０００円のものならある程度ポンと買えても、１２０００円の買い物には慎重になる、だってそうでしょう大金……そうだけどでも……結局私は店側の思う壺《つぼ》だろう、１２０００円分の買い物を画策し始めた。

欲しいものなんていくらでもあるようで絞りきれない、これは色がな、こういうのは実際試さないとわからないしな、でも私が住むあたりには実店舗ないからそう簡単に試せないし……これなら買ってもいいかなというものを合計するも１２０００円に届かず、だったら、本来買うつもりだった３０００円の消耗品を４つ買えばいいんじゃないの買い置きしとけば？　でも、魅力的な新商品が出ることもあるからペットボトル水みたいに買いだめしとくのは必ずしも良策ではないかも……思い切ってこの限定セット買うと一気に１５０００円越えする上にそれぞれを単品で買うよりだいぶ安いみたいだけど？　でもセットには大概いらないなにかがついているし１５０００円はもっと高い……あれこれカートに入れては出しを繰り返し１時間くらい悩んでなにも買わなかった。本来買おうとしていた３０００円のものすらやめた。

まだ諦めてはいないけれど、クーポンが有効な間になにか出物が、素晴らしい新商品が、再びの送料無料キャンペーンが、最高潮に買い物したい気分が到来するかもしれない。そうだ、そうなったらそれこそほぞを噛《か》むだろう……そもそもあの商品は私の人生に本当に必要なものなのか、多分誕生月いっぱい悩むと思う。

映画

私は映画をあまり観《み》ない。小説家は映画が好きな人が多いように思う。作品内に映画への言及がある人もいる。もしかして、大半の小説家が映画好きなんじゃないか、でも私は全然だ。

映画館は暗いのと音が大きいのが苦手だし、あとは私の理解力の問題だと思うのだが、スクリーンの中でなにが起きているのか、なにがどうなってそうなったのかついていけないことが多い……別に難解とされている映画でなくてもそうだ。

一緒に観ていた夫にあのシーンはどういうことだと聞くと、「職場でそんなに親しくない女性と偶然パーティーで会って意気投合したんだけど次に職場で会ったら気まずかったんだよ」ほあー。「それから2人は意識し合って」そもそも職場であの男女がそんなに親しくないと描写されていたことが分かっておらず、同時に職場の女性とパーティーの女性が同一人物だということも把握できておらず（服と髪型が変わっていた上に表情も違っていて）、さらに翌日の気まずさにもその後の意識し合いにもピンとこなくてそこから筋は芋づる式に五里霧中になる。

また別の映画の冒頭で主人公が殴る蹴るされているシーンがあまりに痛そうで泣いてしまったこともある。全然泣くような場面じゃないのにどうしたと一緒に見ていた夫は言ったが（これから始まる彼の活躍を引き立てるためのちょっとしたシーンだしそもそも全部演技だよ）、私はだってあの人痛そうだったよ、多分本当に痛かったよと帰り道でも泣いて映画の内容はほぼ覚えていない。多分、脳なのか精神なのかのなにかの仕組みが映画鑑賞に向いていないのだと思う。入試に映画という科目がなくてよかった。

登場人物が常に同じ服装だとか喜怒哀楽がマークや顔色で表されるなどして

くれれば多分大丈夫なのではないか、というかそれはアニメなのではないか、だから私はアニメならもう少し理解できるがアニメがことさら好きなわけでもない。

多分、映画は小説にいい影響を与える。手法に共通するものもあるはずだ。だから理解できないのが悔しいしそれ以上に楽しめないのが残念だと思って生きてきた。が、例外もある。

昨年、広島市映像文化ライブラリーという公共施設でフレデリック・ワイズマン作品の上映会があった。彼のドキュメンタリー映画が日替わりで1週間ほど上映された。たまたま観に行ったのだが、これが面白かった。日本語字幕版のDVDが揃《そろ》っているわけではないから、ましてここは東京のような大都市ではないから、こういう上映会のような機会でもないとなかなか観られない。

映し出されるのは刑務所、公園、さびれた港町、などの場所とそこにいる人々の顔つき、声、動き……理解しないと、理解しなくちゃという義務感や焦燥を超えて、受刑者のひげが剃られるさま、子供と大人、鍋の油で揚げられる菓子、などが、それが本当に世界の一場面としてそのときそこにあったという確信によって、逆にそこに世界の全てがあるかのように感じられる。世界は2時間なりの上映時間に理解すべき筋を本来たぶん有してはいないのではないか。私はワイズマンの映画を観ている間は（観ることができたのは作品のうちほんのわずかだが）、ちょっと居眠りすることもあるが、それでも、スクリーンを見上げる自分のことを嫌いにならないでいられる。

オンライン

今年9月に邦訳出版された韓国の作家チェ・ウンミさんの小説『第九《だいく》の波』の推薦文を書いた縁で、彼女とオンライントークイベントをしませんかという話をいただいた。

トークイベントの経験自体少ないし、特にオンラインは初めてだ。聞けば普通のノートパソコンさえあれば広島の自宅とソウル、そして福岡にある出版社・書肆《しょし》侃侃房《かんかんぼう》の3か所が繋がってリアルタイムでやりとりできて、申しこんだ人もそれを視聴できるのだそうだ、そんなの未来みたいだと思いながら指示された通り操作すると自宅パソコンの小さい画面の中にさらに小さい画面が並んで浮かんでそれぞれに、チェさん（と通訳のカンさん）、書肆侃侃房の方々、私の顔、が映し出された。

『第九の波』は２０１２年に韓国の海辺の町で起こった実際の事件を下敷きにしている。原子力発電所建設を巡り人々の分断が煽《あお》られ、地域や職場でも賛成派反対派が対立し疑心暗鬼になった町で住民投票の日が近づく……なんというか、地域住民の健康や幸福よりも私利を追求する政治や大企業の様子は、頻発する自然災害や新型感染症への対応からうかがえる日本社会の現在のあり方と重なりきな臭く恐ろしく、と同時にきらめく恋愛小説でもあり、主人公の女性はじめ登場人物たちも魅力的でとにかく面白い小説だ。

イベントが始まった。チェさんは私の質問に丁寧に答えてくださり、また、韓国語で読んだという私の小説の感想なども言ってくださる。通訳の方の日本語もわかりやすい。オンラインならではだろう音声と画像のずれもありつつ、緊張しすぎた私の絶句なども挟みつつ、でもとても楽しかった。『第九の波』で私が好きな場面として挙げた、夜にどこかの窓から炊飯器の蒸気音がするというシーンをチェさんもあそこは力を入れて書きましたと微笑《ほほえ》まれた。

なんというかこういう機会でもないと別の小説家と互いの作品について1時間以上話すなんてことは多分まずない。仮に知り合い同士だって難しいだろう。それが、しかも、広島から上京も渡航もすることなく韓国の方とできるなんて、話しながらどんどん不思議な気分になってくる。画面の中のチェさんを見る。私からは見えない、けれどいまこの画面を見ている誰かのことを想像する。その人は楽しんでいるのか退屈しているのか全然わからない……首がなぜかずっとちょっと右に傾《かし》いでいる私が液晶画面から私を見返してくる。人と話しているときの自分がこんな顔をしているというのも初めて知った。イベントは終わった。

緊張はしたけれど、あと時間も少し余っちゃったけどまあ無事終わったんじゃなかろうかなどと思っていると夫に、小説の翻訳者の方の名前がイベント中に出なかったことがネットで指摘されていると教えられて胃がガッとなった。そうだ、翻訳文学で翻訳者が誰かというのはめちゃくちゃ重要だ。当然言うべきだったし訳文はすごくいい日本語だったのに、というか、翻訳者の橋本智保さんは韓国で一緒に辛い焼き豚肉を食べたこともある、大変お世話になった方なのだ。慌てて橋本さんにメールをお送りしたところ温かい返答をいただきややや安堵したものの大反省だった。それがオンラインだろうがリアル対面だろうが、人と話すのは難しいし楽しいし、多分いつまでも少し慣れない。

缶コーヒー

賃貸アパートに住んでいる。たまに廊下など共有部分に清掃が入る。年配の男性と女性がお2人で箒《ほうき》やモップや雑巾などで作業しておられる。いつと決まっているのかわからないが大概午前中で、見かけるとおはようございますとかいつもありがとうございますなどと挨拶する。

10月だったか、まだそんな時期ではないのにずいぶん寒い日があった。ゴミ出しに出ると女性が私の階を掃除しておられた。まだ冬のコートを出していなかった私は木綿の上着で震えながら、おはようございます。女性は笑顔で手を止め通路を譲ってくれながら「おはようございます。今朝は冷えますねえ」ねえ、急にで、体がついていきませんねえ。「私なんて動いてないと、もう、寒くって」そう言うと女性はしゃがんでバケツの水に手を入れ雑巾を洗った。エントランスを掃除していた男性にも挨拶しゴミを出し部屋に戻った。それだけで私の手足はこわばっていた。

そのあとスーパーに行く予定で、ええとなに買うんだっけと戸棚を開けると微糖の缶コーヒーがあった。うんと疲れているときなど、たまに飲みたくなるので買ってあった、2本ある。差し入れしようと思いつき缶コーヒーを缶のまま温める方法を検索した。鍋に湯を沸かし火を止め缶を沈めてしばらく待つ、缶を引き上げよく拭い小さい紙袋に入れ部屋を出た。女性にあの、よろしかったら、これ。女性は驚いた顔をした。あの、たまたまうちにあったので、寒いので、今日、もし、よかったら。「まあすいません。ありがたくよばれます」女性は笑顔で受け取ってくれた。私はそのままスーパーへ行き、渡したのと同じ銘柄の缶コーヒーが安かったので6本パックを買って帰った。お2人はもういなかった。

12月になり、今朝、ゴミ出しに出ると清掃中だった。前回と同じお2人だ。

おはようございます。「おはようございます。この前はありがとうございました」いえいえいえ……ゴミを出し、男性にも挨拶し部屋に戻る。今日もこれから買い物に出る、缶コーヒーはある。寒い、というか12月だからもう基本的にずっと寒い。また差し入れようか、しかし、先方に気を遣わせてしまいはしないだろうか、わざわざ買ってあったためてるのかとか思われたらアレかな、不気味かも、迷惑かも、缶コーヒー嫌いな人もいるしあとよくよく考えたら缶コーヒーは糖分が多いから控えている人もいる、缶コーヒーの脇に角砂糖をいくつも積み上げた警告ディスプレイを見たことがある、年長者に糖分摂取を強いるような間合いになってはいけない……

でも、今日は前より寒いし、缶コーヒーはいまここにあるわけだし、そうだ、だったら私も飲めばいい、自分のをあったためるついでにあったためて、飲んで、買い物へ行くついでに渡せばいいじゃないか、全部ついでだ、で、ついでなのであくまでも気が向いたらどうぞと伝えよう……湯を沸かし缶を3つ沈めた。缶緑茶とかならいいのかも、でも売ってるのあまり見ないな缶緑茶、しばらく待って急いで1缶飲んだ。甘くて温かい、コーヒー店とかのとはまた違う、ときどき飲みたくなる。どきどきしながら外に出ると清掃は済んでおりお2人はもういなかった。一度温めたのを再び保存するのはどうかと思ったので10時と3時のおやつに飲んだ。脳内に角砂糖がいくつも積み上がっていった。

ノートパソコン

仕事に使っている銀色のノートパソコンの調子が悪くなってきた。操作や反応がときどき心許《こころもと》なく、やたら熱くなりすぐ充電が切れる。そんなに古くないはずなのに、と確認すると買ったのは2013年だった。7年前、もうそんなになるっけ？　思い返せばそれまで使っていた分厚い白いノートパソコンが壊れて慌てて買いに行ったのってそれくらいだったかも、「ノートパソコン　寿命」と検索すると5年未満とも10年以上とも出てきて、真偽はわからないがおそらく修理より買い替えが現実的だろう。価格や重さなど検討し機種を決めて銀色のノートパソコンを買ったのと同じ店へ行って尋ねるといま在庫がないので予約になるという。

　そういえば、単行本（短篇集《たんぺん》『庭』）がもうすぐ文庫化されるにあたり先日内容をすべて読み返したのだが、収録作の中で一番古い「うらぎゅう」という作品を書いたのが２０１３年だと初出一覧に書いてあってほう、そんなになるか、と思ったことを思い出した。ということは、その作品はだから買ったばかりの銀色のノートパソコンで書いたのかもしれないし、分厚い白いノートパソコンで書いた最後の作品だったかもしれない。

　「うらぎゅう」を書いたときのことを思い出す。夫の田舎で「砂灸」という伝統行事というか民間療法というかの話を聞いたことがあった。砂につけた足型に灸《きゅう》を据えることで健康や幸福を願うのだという。その起源は弘法大師まで遡り、現在でもその行事の日になると遠方からも人々が集まる……夫も義父母も実際にやったことはないし詳しくも知らないらしい、世間話の端っこみたいな扱いだったその話が忘れがたく、しかしネットで調べてもあまり情報が出てこない。なんか不思議だなあ、と思って一度忘れていて、短篇小説を書きませんかと依頼を受けたとき思い出した。

書いてみようかな、と思うと経験したこともない、実態も詳細もよく知らないその行事の光景が不思議とはっきり思い出せた。民家の決して広くはない庭に、くねくね折れ曲がるように人が並んでいて、冬で、夜で、民家の窓からは細く白い煙が立ち上っていて、寒そうな人々の息も白くて、その足元で小さい犬が吠《ほ》えている……それはだからもう現実に存在する本物の砂灸ではない。砂灸は多分冬の行事ではないし、そこに犬なんているかどうかも知らない。

それは「すなぎゅう」という言葉を聞いた私の中に出来上がった、全く別の、でももう想像でも空想でもない私にとっては本物のなにか……小説を書くとき、いつも、そういうなにかを思い出して書いている。現実に見たもの嗅いだにおい、実際には経験していないけれど誰かから聞いた話、そこから生まれた記憶を思い出して書く、そうじゃなきゃ私は書けないんだと自覚したのはいつだったろう。7年前は多分まだで、書けない時期、書いても書いても掲載してもらえない時期を経ながらどうにかこうにか書き続けようともがく中で自分のやり方が定着していく、その過程というか途上に私は多分いた。

電気店から予約品が入荷しましたと電話があった。明日取りに行きますと言って、切って、だから、いま書いている本文が、この銀色のノートパソコン最後の仕事になるのかもしれない。次の7年がどんなになるか正直見当もつかないが、書き続けていたいと思っている。

餅つき

子供のころ、年末の休日に餅つきをするのが決まりだった。祖父母の家の裏の土間に近隣に住む親戚が集まる。餅つきの日はなぜかよく雪が降った。灰が舞っているのかと思うと雪で、それが初雪の年もあった。

外の釜に薪をくべて餅米を蒸し、石でできた臼に入れる。湯気が甘い。今度は誰がつくか、わしがしょうか、俺いくよ、おお頼もしいのぉ、腰をやりんさんなよ、ほいじゃあわしが返そう、せえの、水につけておいた杵《きね》を持ち上げて臼に落とす。ほい、ほい、ええぞ、ええぞ、つきあがったのをしゃもじでまとめながら粉を敷いた大きなバットに載せ、今日は1日開け放たれている勝手口から中に入り粉が撒《ま》かれたテーブルにあける。祖母が全く熱くなさそうな手つきでそれを鏡餅、水神さん（台所など水まわりに飾る小さい鏡餅）、丸餅、あん餅それぞれの大きさにちぎり、母や伯母や、あとはどういう間柄なのか子供の私は把握できていない親戚の女性らが丸め、木の餅箱に並べ、涼しい座敷に運んで乾かす。

ときどき数える。白餅、もう足りとろう？　ひぃふうみい、足りとる足りとる。ほいじゃあ次の臼はきびにしょうか。いろいろな色の餅もつく。黄色いきび、よもぎ、薄ピンクの桜エビ、黒砂糖、青海苔《のり》入りのは私の苦手なよもぎ餅そっくりで、去年かもっと前かに間違えてかぶりついて吐き出したのをいまでも笑われる。おばあちゃん、黒砂糖はまだ？　あれは臼が汚れるけえもっとあと。ボサっとしとらんでヒロコちゃんもやりんさいと声の大きなおばさんに言われ、手を出しかけると手を洗うてから！　手を洗い母と並びお餅に粉をまぶすとまた大声で、そがに粉つけたら傷むしまずいじゃろ！　でも子供からするとそうしないと熱いし手につくし、スベスベする粉をうんとまぶすのが面白いのだ。

つきよる人にあげてきんさいとあん餅を持たされ外に出る。あん餅は日持ちしないので作っただけ今日食べてしまう。七輪で鶏肉が焼けている。毎年、餅つきの日は醤油につけた鶏肉を炭で焼いて食べることになっている。やや焦げた鶏肉の脇に、まだ柔らかいが表面が乾きかけたお餅を置く。香ばしい匂いがして中のあんこが熱く煮えて、ずっと外にいた人たちもうまい、うまいのお、ヒロコちゃんも食べぇ、鶏肉もお餅もおいしくておいしくてお代わりしていると件のおばさんが出てきてヒロコちゃんはマア、痩せの大食いじゃねぇ！　私は、ほいじゃあおばちゃんは、デブの大食いじゃ。どっと大人たちが笑っている奥に母が、思い返せばいまの私よりずっと若い母が青い顔をしているのが見える。

大人になってみると、その手間を思ってめまいがする。準備に後片づけ、数家族分のお餅となると餅米は何合、何升だろうか。当時は母が嫁であり祖母もかつては嫁であったということも思い至らなかったが、自分が婚家であああいう行事に参加し取り仕切らねばならないと想像すると血の気が引く、が、当時はただただ楽しくうれしくおいしく、おそらく何年か分の記憶が混ざり子供のころの幸せな家族の思い出のひとつとして凝固しているのだろう。祖父母も父も元気で、子供たちは思春期前で、いまよりも社会全体が貧しくなくて……実家の餅つきはいま電動餅つき機になって親戚も集まったりしないが、私はいまでも食べ物の中で、つきたてのお餅が一番好きだ。

救急車

子供のころ、平日の夕方、父は仕事、母と祖母は買い物かなにか、弟は遊びに行っていて家には私と祖父しかいなかったあるとき、「ヒロコォー。ヒロコォー」という祖父の声がした。声はか細く、私は呼ばれた何度目に気づいたのか、特に緊急性も感じず珍しい虫でもいたかなと行くとトイレのドアが開いていて中で祖父が体をくの字に曲げて唸っていた。もともと細い体が尖ったようにさらに細く見える。呆然としていると祖父は震え唸りながら救急車と言った。救急車。救急車ねっ、私はそのとき多分小学3、4年生とかか、救急車は119、警察なら110、そんなことは当然知っていて、クリーム色の電話は親機が玄関に子機が居間に置いてある、わかっている、それなのに動けない、手順がわからないというよりどうしていいかわからない、祖父が顔を上げ私を見た。青黒くなった顔中に脂汗、白目が赤い、歯もなんというか噛み合っていない、いつものおじいちゃんとは全然違う人みたい、私はようよう玄関に行った。母や祖母が帰ってくる気配はない、なんなら弟だっていいからいて欲しい、でも誰もいない来ない、私は靴箱の上にある電話を見た。かけるときは受話器を持ち上げまず外線という四角いボタンを押しそれから番号、相手が出たら、名前、住所?……私はつっかけで家を出た。お隣の家の庭におばさんがいるのが見えたのでおじいちゃんがおじいちゃんがと言った。おばさんは「エッ」と驚いて一緒に来てくれようとし、そのとき道路から車の音がしてそれは母で、私とおばさんを見て不思議そうな顔をした。

それ以降のことは母とおばさんがした。家に青っぽい白い上っ張りのようなものを着てヘルメットを被った若い男の人が複数やってきて疾風のように素早く祖父を運び去っていった。担架の上で毛布のようなものに包まれ固定された祖父は私の前を通りながらウン、と頷《うなず》いてその顔はすでにさっきの見知らぬ鬼気迫った顔ではなくいつもの祖父に見えて、私は無事祖父が救急車に乗れた安堵もあって早退してきた父親におじいちゃんが倒れたから珍しいものが見れたというようなことを言いきつく叱られた。祖父の容体はそう悪くなく、数日の入院、もしかしたら処置してもらって日帰りだったかも、なんの病気だったのかとにかく帰ってきたのは庭仕事や家の修繕などを行ないながら口笛を吹くいつもの優しい無口な祖父だった。

ということを思い出したのはつい先日、私自身が救急搬送されたためで、飲みすぎて急性アルコール中毒、いい年してなにをやっているのか、恐ろしいことに楽しく飲んでいたことは覚えているのだが体調が悪くなったことも救急車に乗ったこともなにも覚えておらず気づくと病院で車椅子に座ってがたがた震えて腕には採血点滴の痕があった。付き添ってくれた夫によると問いかけにハイ、ハイと答えており、まさか意識が全くなかったとは思えなかったとのこと、「僕がうっかり保険証、社会保険ですって言ったら、私は国民健康保険……って訂正してたよ」知らない覚えてない、「恐縮してたからさ、お医者さんに、自粛が長くて春が来てうれしくて加減を忘れてみんな飲みすぎちゃうんですよねって慰められてたよ」それも全然覚えてない、情けない申し訳ない、みなさんもどうかご自愛ください。

近くに遠くに

２０２０年後半、日経新聞夕刊に週に１度の本コラム連載が決まったとき新聞社の方が「掲載紙はお宅に夕刊として配達するよう手配しますね」そうしてくださいと頼んでしばらくして「どうも広島では弊紙夕刊の取り扱いがないようなので郵送いたします」ということで掲載紙は数日遅れで東京から郵送されてくるようになった。

朝夕の配達がないだけでなくコンビニや図書館などに行っても地域外の新聞は置いていないわけで、つまり私の周囲の人はこの夕刊連載を新聞の電子版に会員登録しているとかでない限り誰も知らない。私は当時もいまも地元紙で短いコラムを毎月書いているのだが、親戚に会うと読んでるよと言われるし子供の習い事の先生にも先日読みましたよと言われるし親からもこないだ紹介してた本読みたいから貸してと言われる。その差は歴然としていて、だから、私が毎週書いているものを誰がどう読んでいるのか実感があまりないまま半年間が過ぎた。毎週の納期だと書いても書いても次、次という感じで、この短さで、しかも前後の脈絡がないコラムでこれなのだから新聞小説とか週刊漫画雑誌とか、さぞ大変だろうなあというようなことを思いつつ、書くのはとても楽しかった。

と、そんな本連載を川上弘美さんが読んでいてくださったと知ったのは2021年末のことだった。豊田市中央図書館のオンラインイベントで川上さんと対談したのだが、そのときこのコラムに言及してくださったのだ。私は感無量というか、ちゃんと読まれていたんだ、リアルタイムに毎週、そんなの当たり前、でも、海の向こうに向けて投げていたものがどこかの岸に届いていたと知ったような、実感、ありがたい、その縁もあり、図書館のイベントを企画してくださった熊谷充紘さんがこうして本にすることを提案してくださり、それに付け加えるべくいまこの文章を書いている。

日経新聞夕刊用に文字数行数を合わせたワードのフォーマットを久々に開いて、そう、短いようで、すごく短いと思うと結構いろいろ書ける長さだったんだよなそうそう、少し昔のような気がするがごく最近でもあって、新型コロナウイルス感染症で混乱していて、東京五輪は延期になってそのまま中止すればよかったのに、九州など各地で豪雨災害、戦後つまり原爆投下75年目で……あれから、「平和教育」の話題で触れた「ひろしまタイムライン」はアカウントが削除され過去のツイートも一切見られなくなり更なる非難を浴び、カマキリ先生はEテレだけでなくNHK総合でも放映されるようになり昆虫アニメをプロデュースするようにもなり、あと落花生は干してから殻を剥いてオーブンで焼くと売ってるやつよりおいしくて大正解、女はうんこしないと発言した彼は最近あまり話をしてくれなくなったが挨拶はしてくれる……

この前公園で大きなかえるを見た。いるとは知らないで踏み出した足のすぐ脇からばっと跳び上がり池に入った。私の子供と、そばにいた知らない子供がはっと息を呑んだ。かえるは瞬時に枯葉が溜まった茶色い水の中に姿を消した。背中にイボがあってお腹が白い、幼児の拳くらい大きい、近くに遠くにいろいろなものが潜んでいて、それに気づくことの面白さと不思議さがいままでもこれからも多分私になにかを書かせてくれる。

小山田浩子　おやまだ・ひろこ

１９８３年広島県生まれ。２０１０年「工場」で新潮新人賞を受賞してデビュー。２０１３年、同作を収録した単行本『工場』が三島由紀夫賞候補となる。同書で織田作之助賞受賞。２０１４年「穴」で第１５０回芥川龍之介賞受賞。他の著書に『庭』『小島』がある。

初出

日本経済新聞　夕刊　プロムナード
2020年7月〜12月

メボ　7月6日
被災の国　7月13日
衣替え　7月20日
女はしない　7月27日
鯛　8月3日
呪いの小石　8月17日
広島の「平和教育」　8月24日
新しい「平和教育」　8月31日
「平和教育」の先　9月7日
名前のない読書　9月14日
Eテレさん　9月28日
ヤゴ　10月5日
自動ドア　10月12日
朝の4時　10月19日
生落花生　10月26日
呼び方　11月2日
故郷の言葉　11月9日
買い物が苦手　11月16日
映画　11月30日
オンライン　12月7日
缶コーヒー　12月14日
ノートパソコン　12月21日
餅つき　12月28日

書き下ろし

救急車
近くに遠くに

パイプの中のかえる

2022年5月29日　初版第一刷発行
2023年11月11日　　　第二刷発行

著者　小山田浩子

発行人　ignition gallery
発行所　twililight
〒154-0004
東京都世田谷区太子堂 4-28-10 鈴木ビル 3F
☎ 090-3455-9553
https://twililight.com

装画・挿画　オカヤイヅミ
デザイン　横山 雄
印刷・製本　モリモト印刷株式会社

本体価格　1650円

ISBN 978-4-9912851-4-1　C0095　¥1650E
ign-017